歌集

ナナメヒコ 2

村松建彦

Muramatsu Tatehiko

六花書林

ナナメヒコ2 * 目次

装幀　真田幸治

ナナメヒコ 2

夕焼けこやけ

梅雨ぐもる山端の池の葦むらにハグロトンボの尾の光りいる

夏かげをはじきとばしてTシャツを逃れんとするよるべなき乳房

わが顔に眼（ガン）を飛ばしておもむろに猫がゆきたり振りかえらざり

状況は今も昔も変わりません別個に進んでそれぞれ撃たれる

顔面がもっともあつかいがたしという人のからだの皮を剝ぐとき

原っぱのとんぼの群れを棒ッ切れで叩き落しし夕焼けこやけ

小春日和

銀色のすすき尾花に風が吹くナウマン象はいずこに消えし

山頂の三間四方が城の跡樫の木陰に三角点あり

みはるかす遠州灘まで家並みの途切れることなし古称曳馬野（ひくまの）

おっあそこ　双眼鏡がいっせいに空をむきたり鷹柱のみゆ

ナボコフは昆虫学者　専門はブルーの翅のヒメシジミ類

あの噓をまた聞かせてね公園の小春日和のブランコに乗り

奈落の下

耳元のエオルス音をひたぶるに聞きつつ帰る夜の冬道

おおぶりの志野の茶碗の糸底の掌に残りたるかすかなざらつき

風色が少し変わっただけなんです降るあめりかの止むことあらじ

日本といわれるゆえんは中華より東の果ての日の本となれば

日本と名乗りしあたりの気おくれが自虐史観の始まりならん

古事記よりずっと続いているみたい騙して勝てば英雄となる

二番底三番底とあるらしく奈落の下にも底はあるらん

夕べのひかり

なにもかも白紙に戻せるわけじゃなしへらっと笑ってごめんと言おう

不適切な関係なしに一生があともうちょっとで終わってしまう

ため息を大きくついてまず菓子を食べはじめたりわがファム・ファタール

北行きの最終列車の案内がかすかきこえる跨線橋にたつ

麦の穂を黄金色に尖らせて夕べのひかりがまだ消え残る

赤ン坊の足

森とおくごろすけほっほのかすかなりツバナの穂波は月に濡れいる

泰成誕生

荒き野の風に耐えいる一本の大樹のごとく泰然と成さん

競りあいを勝ち抜いて来しわたつみに泳ぐをやめればサメもまた死ぬ

井伊大老殺されし年の六月の闇夜に死せり森の石松

ふりそそぐ水の重さはいかばかり竹の林のうなだれてたつ

オドリ食イなんていうのも人喰いにあるんだろうな赤ン坊の足

ハクビシン

たずねたるむかしの下宿は無住なり格子戸にある「売り家」の張紙

借景の比叡の山がまだみえることありがたし円通寺閑寂

四五人の修学旅行生とすれちがう正伝寺へのゆるき坂道

これという病もたぬはクラス会の端に話題の変わるを待ちおり

V音の表記にこだわる人たちがLとRはラ行ですます

漢音や呉音といっても原音に遠くおよばずバイオリンと書く

ハクビシンの話になぜかもりあがりきはじめて会いし河野裕子氏

深き夕かげ

鍬を担ぐ農夫の群れが無人機のカメラをとおしモニターに映る

いさらいに月のしずくをしたたらせサバンナの春の河馬のゆううつ

引き出しにギデオン聖書とダイソー版『坊ちゃん』があり道後のホテル

出囃子の「デビー・クロケット」がバンジョーのように流れる春風亭昇太

葛のつる踏みつつすすむ墓への路よこなぐりの雨白くなりゆく

自動車が道路に水を轢きゆける音が聞こえて雨と知りたり

障子より逃げゆく日かげを手明かりに洗濯物をたたみはじめる

想像は自分でするな人にさせろ小説の中にベリヤの部下言う

指揮棒を刀みたいに両手で持ちマーラーを斬るバーンスタイン

女性器が坊主頭にひらきたる魔女の絵をみる子どもがはしゃぐ

田の端の観音堂の硝子戸をぎらりッ光らす深き夕かげ

柔毛

十年をすぎてなじまず饒れたりリビング隅の真実の木（ドラセナ・マジナータ）

戦争をする気か、なんて脅されてびびるあたりが平和でいいなあ

二千年まえにもどってもういちど倭奴国のハンコを受けるか

ひとつしか月はみえぬがかといって昨日と同じ世界かどうか

薄ら氷のかたえにまるく身をちぢめ逆毛ふるわせアオサギのたつ

足をよせあら冷たいわというけれど私はあなたの湯たんぽじゃない

くねくねの姿のゆえにモンロエアエと名づけられたる三葉虫あり

Dear friend…辞書を片手に綴りたりき会うこともなき遠きペンパル

大寒のうすき日差しにひかりたつモクレンの木の蕾の柔毛

鯰のおやじ

大吉の札引きたればこの一年これ一本にすがるほかなし

抜けたってもとのところへ差せれるさ天使の羽には番号がある

耕作を放棄されたる茶畑をおおいつくして笹竹戦ぐ

ひらかれた頭にコードをつなげたままマウスはせわしく餌を食みいる

対岸にのびたるわが影いささかも鴨の休息脅かすことなし

ラーメンがまだ支那蕎麦といわれしころどうしてあんなに洟水がでた

大判焼きいちご大福さくら餅菓子屋ののぼりに春疾風ふく

人災の三月十日天災の十一日と覚えおくべし

日本を八メートルほど動かして得意になるな鯰のおやじ

がんばろうがんばらないでそれぞれのエールを受けて生きるほかなし

建築のケンと言ってた名前だがこのごろ建屋のタテで通じる

百年後なんていわずに十万年のちを見通す商売があり

はじめからぶれてるわたしはこれからもあなたとちがいぶれつつ選ぶ

蛸の笑い

住む人の絶えたる生家の入り口のジゴクノカマノフタの小さき

コーヒーを飲み残したまま席を立つあなたの嘘にうそを重ねる

風蘭がまつわりつきたる柿の木に青き新芽の萌えいずるかな

営業をまだしてるのと行き先の宿を告げれば運転手いぶかる

日本に組み込まれたのが間違いと思うときあらん琉球人は

肉たまごドリンク剤を籠にいれ青女房がレジに欠伸す

遠雷のかすかにとどく里の空たかくなきつつホトトギスとぶ

ふぇっふぇっふぇ蛸の笑いをときに混ぜ年寄りからかう文珍噺

秩序紊乱者

道々にノウゼンカズラの咲きほこるみちのくの辺の墓に参じる

参拝のすめば供物を回収す墓場をカラスが荒らさぬように

みはるかす上山市の町並みの右手にそびゆるタワーマンション

露天風呂の縁に止まりてドウバトが湯を飲みておりかみのやま温泉

極楽と称せしバケツにいれしものいかになししか斎藤茂吉

良識を真顔で説くはそのかみのわが憧れの秩序紊乱者

湿布薬

枯れ草の匂いふふみし陽だまりに北の山辺の雪雲をみる

東名も新幹線も原発より二十キロ圏内我が家は二十・八キロ

あとずさりしていくような秒針の音をききつつ眠りにおちる

他責的言辞を弄せば多少とも事態が好転するのでしょうか

若者を大事にしない国なのに当の若者つぶやくばかり

三重にみえる裸眼におしあてる双眼鏡のなかの名月

全身であたりをうかがい歩きゆくケリの踏み出す足がとどまる

すこし上そんなに右へゆかないで厚き背なかに湿布薬はる

午後三時アーケード街一ブロックすれちがいしは警察官のみ

口笛に呼ばれてすぐに駆けつける犬にはならじと思いて来しが

夕闇のまだとどかない散歩道あなたのかげに影を重ねる

だるま寄席

秋が打つ最初の鉦とマラルメがいいたる紅葉もうきこえるか

老人がまだ帰りませんと放送す層雲赤紫愁風（あかねのくもにうれうゆうかぜ）夕暮

尋問を受ける前からしゃべりだすような気分で今日も向き合う

野良猫がよろっとよぎる裏通り水が轢かれてちぎれてとんだ

経を読み座禅を組みたるのちに聞く少林寺恒例「だるま寄席」

本尊と客を相手に酒飲みの親子を演じる春風亭柳橋

座布団の二三枚ほどが柳橋とわれとの距離なり地声で聞ける

古き袋

ユリカモメ、オオバン、カモに餌を与えやおら男は体操はじめる

新しき酒をいれればだだ洩れの古き袋め須可捨焉乎（すてっちまおか）

地球だって私だって限りがある明日の長さは「永遠と一日」

ひび割れの浮かびし舟のあまたあり氷雨の中のヨットハーバー

オリオンを頭上にいただく頬寒し露天風呂よりたちあがれない

宿命

文明の進歩のゆえの必然と原発うべなう老詩人ふたり

原発の必要性を説く人はおおかた核に話がおよぶ

北山の杉の林を歩きしころ花粉症など聞くことはなし

小林をなす旗ざおの群れをさけ横丁伝いに雀荘へゆきし

放たれし牛をしっかりつなぎとめ自由にさせぬを絆といいたり

ケータイをあやつり歩く女のもと横に後ろに子どもがまつわる

現役を強制されたる宿命に小さく手をふり笑まう老人

人それぞれ

検閲をしてから許諾をするのかしら登録商標〈塚本邦雄〉

清めんと返せば腰より背中へと蛆が這いたる子規のなきがら

漱石が京都に聞きなす鳥の声チンチラデンキ皿持てこ汁のましょ

車内にて化粧いたすをベルリンの辻馬車にみる寺田寅彦

湯灌せし左千夫のまらの小さきを書きしるしたり斎藤茂吉

十三番目となる子どもが生れしは左千夫の死後の四十日目なり

玉の井は荷風以上に書けますよ経験かたる斎藤茂吉

人生を女で変えてはいけないと猫を抱きつつ藤田嗣治いう

アカシアの雨

首筋のうしろがかゆくてたまらない夕日にがまんのサバンナのキリン

幼稚園の砂場で学んだ教訓がどれほど生きたかそろそろお開き

どこへゆくなんておおきなお世話だい青高原の雲流れゆく

あいさつが立ち話となり紫陽花の雨にたがいの傘かたむける

アカシヤの雨に涙を流したあとこんな日本にしてしまいました

軍艦と水母がただよう月の夜の海がささやく世界は剝きだし

袋とじがまだあけられずおいてある待合室の「週刊現代」

声

新聞のどこにも事件に言及なし二月二十六日昭和は遠し

下駄ばきで谷中の町を子を背負い買い物に歩く思想兵ありき

耳鳴りと思いさだめてやり過ごす夜半の目覚めに「来い」という声

捕らわれた獣のような夕暮れは村のどこにもみあたりません

めんどうをかけてる身ではいいづらい生きてるかぎり生きぬくなんて

国民の誰かが命をかけなければ、しかし誰かはわたしではない

e-bookをまるめるわけにはいかなくてぺちゃっと腿をたたく好日

スカイツリーが途中でくにゃりと曲がっちゃうダリの絵みたいな夢を見たいね

うすべに

舗装路にぐにゃり溶けたるわが影は一足ごとに蒸発したり

あのときの河野はほんまきれいやった顔あからめる永田和宏氏

吹く風に兆しはあらず百日紅の燃え立つままに秋に入りゆく

サゲに来て最後にことばを度忘れし照れ笑いするむかし家今松

原発が作る電気は使ってないみたいな顔する自分的には

ふるさとの匂いをかすかにただよわす屋根によごれし雪を積む貨車

午後の陽にナイフがあかるく殺ぎいだす林檎の皮の裏のうすべに

透明のマスクに酸素ボンベをひき男がゆらりパチンコ店に入る

うすあおき刈田のひつじをうちしずめ秋の光のゆれることなし

鷹柱

舞い上がるタカの姿を待つなかに携帯電話をいじる人見ず

ハチクマの幼鳥ですよ問わずとも周りの人に教える人あり

三千羽渡りたる次の日であればいささか期待のうすき鷹柱

葉のうすいケヤキの枝にひっかかる血みどろ風船あしたは雨か

わが足にふまれっぱなしのわが影が身をのばしたる秋のゆうぐれ

釈台を前においての独演会膝を手術の柳家権太楼

ななちゃんを遺しゆきたるお父さんを偲びひもとく句集『変哲』

ガラス戸を上に向かいて測りゆくシャクトリころんとこけてしまえり

渡良瀬川富山水俣四日市それでも懲りずに福島、そして

歳晩の夕べの光に赤みおぶ城のまうえに白き月あり

凧

波の音の擬音を流し「芝浜」を演じはじめる春風亭小朝

しあわせは動詞しあわすの名詞形よくもわるくもなりゆきしだい

続けるも続けないのも変わりなく核のごみ処理十万年かかる

近道になるかとななめに入りゆく路地のさきには元の道あり

如月の欅並木の枝先に絡めとられて日輪あやうし

原発の可否判断に燃料の最終処分法はいれぬとみえる

ノーマンズランドと化したる被曝地の山川草木〈美しき国〉かな

空を飛ぶ烏賊に原義のありたるや空っ風うけ凧（いかのぼり）あがる

青嵐

タワラムギなんていうから昔からあるかと思えば明治の渡来

母国ではなんて呼ばれているのやら風にしゃらしゃらBriza maxima

青嵐にきらめく柿の若葉より一天地六の闇がしたたる

全山を裏返したる青嵐に少年うつむきナイフをなでる

かっぽれの所作が粋だね体重が百五キロという古今亭志ん陽

志穂誕生

向かいゆく心の先はどこであれ瑞穂の国をさやかに生きよ

加波比良古

出典は『新撰字鏡』だけかしら蝶の和名の加波比良古とは

自虐的国民ならんみずからを敗者におとすグローバリズムを支持す

天然の核分裂の痕跡がアフリカのウラン鉱山に残る

かわひらこなんて和名をもちだせど咲いてる花は横文字ばかり

人ばらいされたる里の静けさに潜みしものを鳥獣しらず

太き鯉が流れに逆らい泳ぎいしがふっと力を抜きて流さる

月影の凍る夜道を駆け抜けるイタチの親爺今年もよろしく

シャツの裾をズボンの外に出すようになったころからデフレが続く

男子用トイレの中に赤ちゃん用ベッドがありたり明治神宮

さくらとかもみじ、ぼたんといいしより始まりおらん表示の言い換え

車椅子

車窓より入りくるひかりに生足のうぶ毛が映える眼福善哉（みないふりする）

激昂をしてもかならず投げるのはヤクルトの空瓶（計算してるね）

土俵下に動けぬ力士が特大の車椅子にて運ばれてゆく

トラックのわずかな日陰に横になり昼の休みをとる工夫たち

風の尾にかすかにまじるさわやかさ朝顔みっつけさは咲きたり

鬼っ子

スマートフォンの画面に指を走らせて通路の真中に動かざる人

後背位をあらわすなんてまるっきり知らなかったね「色」という字が

問題はないと言いきるそのあとも途切れることなき汚染水漏れ

池の面にうごかず浮かぶ亀の背をまっぴらごめんと雨脚走る

しなびたる大根赤く西かげに染まりていたり無人販売所

自由主義民主主義とはかくのごとき鬼っ子のような宰相をも生む

演台を降りようとして小柳枝が踏み外したり痺れが切れた

〈美しさは年齢なんかにひるまない〉ひるまない人あまたうごめく

爆弾

掛けられし浴衣をふわりと巻きつけて花道もどる横綱白鵬

爆弾のひとつぐらいがあってもいい五輪を枕の立川生志

辞退しず喧嘩をしずと書きたるは口語に徹する小島政二郎

年齢のせいというのが旧かなをつかうわけらし村木道彦氏

終値

子供のまま死にたる祖先はありえない生き残りたるものの末裔

銀竹といわれてみればうべなえる傘をふるわす太き大雨

原発を再稼働させもういちど昔の夢をみるという夢

鴻毛の軽きに民をなさしめるそんな日本取り戻すなよ

排水に気を使いたる街川に鮎がもどれば鵜が戻りたり

スマートフォンの光を顔に受けながらたたずむ人あり氷雨の公園

終値をたしかめるように寝る前に体重計に体を乗せる

変体

所在なく身をもてあます鯉どもが空の底ひの風の尾を嚙む

「乃こ勢し」と歌に残しし国学者栗田土満『岡の屋歌集』

魚々子(ななこ)彫りなんていうのが使われる展覧会の彫金作品

仮名書きの字体がひとつに定められそれより以前は変体となる

容疑者を女刑事が連行するようによりそう二人連れあり

オウンゴール

これがその黒実の錦織木（クロミノニシゴリ）なのかしらシロシタホタルガの幼虫が食む

運転をまだ続けるのしょぼしょぼと目で追いかけるランドルト環

線量計携帯義務の現場へは「ご安全を」と送り出される

自己責任なんて言ってた連中が自国民保護と戦争させせたがる

三本の矢に討ちとられこの国はますます人が少なくなります

自衛隊に相談しながら政策を決める時代になるのでしょうね

例文を示され書きたる遺書なども混じりておらん特攻記念館

雀荘に一日こもりてアカシヤの雨にうたれず昭和のなかば

おのが身のおくどにありたる本当の自分を避けてとおりし一生

邦人保護なんていうのは侵略の第一歩だって歴史が言ってる

オウンゴールみたいに夕日が転がって今日という日が息を引き取る

まるっきり守られてない憲法をあの方だけが尊重するらし

風化

懐かしい色に暮れゆく空の雲ダンス教室に明かりがともる

胃カメラを呑みこむわれの背をなでる看護師の手のなんかおざなり

自分たちと同じ程度と隣国がほくそ笑むような法が成り立つ

取り戻したいのはなんと百年も前の日本＝富国強兵

見解の相違です、と目をそらし対話の扉は開けております

学ランを腕まくりした武闘派の学生みたい内田樹氏

ほんまんは桂なんとか云うねんと聞けばそうかも鷲田清一氏

安倍さんを支持できますかと客席をうかがい見たるむかし家今松

政府寄りのＮＨＫのニュースなり天気予報もそのつもりでみる

汚れたる水はタンクにおさめられ風化するのをしずかに待ちいる

あきらめができる人から為政者はかゆくもなければ切り捨ててゆく

会釈してうしろ姿を目に追えば片恋橋の夕闇ふかし

おえりゃあせんのう

半紙からはみだしちゃって「夢」の字がしりきれとんぼのぼくの書初め

駐車場に望遠レンズが並びおりサシバの渡りもきょうは休みか

ハマゴウとネコノシタとを覚えたり伊良湖岬の灯台への道

港へと戻る漁船を追尾する海鳥つながるつながるつながる

遊歩道の石塊あまたに彫られいる「まじないい歌」とう磯丸の歌

山際を出入りしているヒヨドリが五百羽ほどにまとまり渡海す

借金も核廃棄物も次の人がなんとかするでしょ成長すれば

岡山の友の訃報が届きたりもう聞くこともなしおえりゃあせんのう

がんばれない過疎地ははなから成長の足手まといと見向きもしない

滴り

散佚を防ぐためにと押されたる鳥獣戯画の朱印「高山寺」

「個性のない人物を描く」雪岱の真実らしさにせまる方法

「写生とか写実に興味はありません」能面の美をさぐる雪岱

人口が減ればその分消費だって減るけどいまだ成長神話

城の上に虹のかけらがうすれゆく角を曲がればシャッター通り

破れ蓮のあいだに長く水脈をひくカイツブリおり潜るでもなく

肝心の鼻の部分が見当たらぬ象の骨格シルエットなり

終わりたる会議の後に私語のあり疑問不満をはしはしに置き

くりかえしまたくりかえし自動車の窓に舞いよるセキレイがいる

里山を底からとよもす風のなか自転車ふわり浮き上がりゆく

一パーセントが垂らす滴りわれ先に飲まんと競え九十九パーセント

滴りが津々浦々に届くころ軍需景気に沸き立ちおらん

あやまちをあやまちとせずくりかえす取り戻すとはそういうことなり

人権を無視するときの言い分は平和な未来を作るためです

居場所なき若者たちは昔からワルの魅力に引き寄せられる

未来志向

飛び跳ねて寄りくる犬の下あごを撫でれば耳をぴたっとたたむ

日を海のむこうにのこし地はまわる老い放題といくより他なし

変哲にあこがれたればおりおりにのぞいてみたり句集『変哲』

茶花ならつぼみのうちがよいというオオヤマレンゲがひらきはじめる

いい声で三橋美智也の替え歌を噺におとす柳亭市馬

教育の場として寄席はいちばんと枕にふりたる橘家圓太郎

実を結ぶことのあらざるヤエザクロ無住の生家に赤く咲きおり

いたずらに謝罪をするより未来志向で話をすると加害者が言う

同じ島の右から左へ移すだけで基地の負担を減らすと言い張る

集めたる汚染土は他へ移すだけ十年先には担当者も変わります

あなた

アパートの裏階段に夕かげをジンベイザメとわかちあいたり

拍子抜けするほど静かな境内なりこんなもんかね靖国神社

革ジャンの藤本敏夫がアジりいる学館前を雀荘にゆきき

呼びかける売り子のなまりがなつかしく物産展に「もろこし」を買う

鶺鴒は重すぎないかセキレイと書けば路上に尾をふり歩く

やるべきをやらぬ思いを背もたれに押して半日映画に遊ぶ

デモしない投票しないテロしない為政者好みのあなたなんです

節電のはなしはいちども聞かぬまま猛暑極暑の夏が過ぎたり

千切れ雲

完全に赤くならないホオズキが二三本あり柿の木の下

アメリカの都合によって原発は続けられるとむかし家今松

「りやうりにんもとむ」と書きたる看板にモノを知らぬと荷風が怒る

指先をスマホの上に置きしまま少女は座席に深く眠れり

効能をあおりたている画面のすみ効果は個人の感想とある

白い杖をひきたる人がみちびかれおおここかといい映画館に入る

館内にポップコーンが匂うなか戦闘シーンの音が満ちたり

一円の不足のゆえに万札を使いしあとの財布の重さ

体育館裏の部室の窓があき煙が外へおいだされたり

「快晴。絶食。終日困臥。」のみ書かれおりわが生れし日の『断腸亭日乗』

冬ざれの野につぎつぎと影おとし千切れ雲ゆくゆきてかえらず

監視カメラ

褒め殺しなんていう手もありまして敬語だからって油断召さるな

秋の日を避けいるような庭すみにひとかたまりのホトトギスの花

年金が増えるわけでもあるまいにインフレなんてだれが望むの

アメリカが日本を見捨てる日のことはもちろん想定内ですよね

胸突坂のぼれば子供の一団がジャージ服にて路傍にすわる

冬かげのおだやかなれば連れ立ちてほがらほがらと春画展みる

彫師の腕摺師の腕の見せ所ほと毛ぽよぽよ浮きいずるがに

待ち合わせ場所がわからず構内をうろつくわれを撮る監視カメラ

むらさきのうすき小さき花びらのアサガオ咲きたり御用納めの日

物恋之鳴毛

岡本ゆき氏、前田道夫氏は新樹短歌会（塔浜松歌会）の大先輩

岡本さん前田さんと先達が消えて行きたり（急ぎませんよ）

蝉、蔵、頚、俗字新字に表わされたる六首のうたの一字のみ「氣」

山の端に騒ぎ飛びいるカラス百羽夕あかね雲がそのまま呑みこむ

大風が木々をさわがす杣道にメジロの群れのわたりゆきたり

脚注に定訓ナシと記されてふりがなあらず〈物恋之鳴毛〉

灰色の苔におおわれかろうじてたちいるような桜さきみつ

からだにはなにがいいかときかれれば一番いいのは運だと思う

新しき画布にひとすじ線をひくやわらかければ春風となる

生きているうちはたがいにさしさわりあると思えば深く語らず

思うように生者は死者を語りたり死者は生者にいいかえせぬまま

五百年の横皺かすかに浮かばせてマリアの法悦極まりおらん

本人よりカラヴァジェスキの作品がずっと多いねカラヴァッジョ展

一〇〇〇種類超のヒト常在細菌叢（マイクロバイオータ）総計数キロ体内にあり

ディープインパクト

ほろほろと桜ちるみち別れ道あいつもこいつもとうに旅立つ

格子戸の奥を覗けば犬が吠ゆ主の変わりし昔の下宿

五十年先のことなどあのころはこれっぽっちも頭にあらず

採ることのなきジュンサイがひしめきたる深泥池を通り過ぎたり

青もみじ風に揺れおりだみ声の解説を聞く円通寺縁側

わかってるつもりのあしたがあるだけです雲はしずかに形をくずす

電気柵に守られ咲きいるササユリをつゆのはしりの雨ぬらしおり

泥水のうすれたるあたりの川の面に鯉うかびより顎(あぎと)をみせる

〈平凡の偉大を信じる〉回顧録に書き加えたる鶴見俊輔

テクストをどう読んだって勝手でしょ安倍なにがしが言いそうなこと

出走馬十八頭の六頭の父馬の名はディープインパクト

コピー代10円のため館員は三枚つづりの領収書をきる

潜ろうかどうしようかというようなウが座りおり雨後の川べり

死という果実

護岸壁の上の動かぬかわせみにしばらくわれも身動(みじろ)ぎをせず

身にひそむ死という果実の種のごと思いいたすやへそ出しルック

ストーブに灯油が燃える遠き世のいのち持ちたるもののぬくとさ

目玉焼きちゅるちゅるすすれば思い出す『家族ゲーム』の伊丹十三

どこからかあやまるような小さき子の泣き声がするこんな夜更けに

雨裂

匕首をふりまわすごと縦横に口できざむが叱るということ

題名のベストテンにはいれたいね『日曜日には鼠を殺せ』

立食いののれんに首をつっこんで月見うどんの月くずしおり

崩れたる山のなだりにきざまれし雨裂にはやも草のめばえる

弁当の包みを開ければまず最初蓋についてる飯粒を食う

弥蔵小僧

箸ですかフォークですかと聞かれたり箸と答えてパスタを食べる

濃ゆしとは古文にあらず方言の濃ゆいが文語化されたようです

草生（くさふ）とは江戸期以前にみあたらず白秋あたりの造語でありしか

マキの木の生垣剪ればなつかしや弥蔵小僧が顔をのぞかす

色づきたる稲穂のゆれる夕まぐれ欣求浄土の鉦が聞こえる

背中には所属企業のロゴをみせ被災地支援のボランティアツアー

万葉集二千三百六十三番に文明使いし「たみたる道」あり

このごろはイヌノフグリをまるっきり見ることはなしあの薄ら紅

太陽の光をくまなく照りかえす月に背をむけ猫あくびする

羽のさきを広げて飛べばタカ類なり尖らしおればハヤブサ類か

先に来た白い人から出て行けと先住民ならいうんじゃないの

先住の民を押しのけ居すわりて唱えて来たる民主主義なり

ゆきぐものあわいにさしたる陽の光こどもの指がつっつくような

数え唄

ひとつとせ日の本一とうたいたる三メートルの陸奥日和山

ふたつとせ降るあめりかに濡れそぼち乾くことなし黒船以来

みっつとせ道の半ばと言いつくろい恥じることなき矢の撃ちっぱなし

よっつとせ夜昼なしに明かりつけやっぱり原発ひつようですって

いつつとせいつか必ずくるけれど今日あしたとは思いたくなし

むっつとせむつかしいことおまへんえ自由にものが言えたらいいねん

ななつとせ流しし涙のあとをふくエンドロールの続くあいだに

やっつとせ止めてしまえばそれっきり乏しい言葉を探して過ごす

ここのつとせこの世の果ては終わりなしわたしの果ては指折り数え

とおっとせとどのつまりは力ずくおれがとるのに文句があるか

はな歌

縁側に父は座りて背を丸め正月飾りの藁を選りにき

枕辺のコップの中の入れ歯揺るベッドの父がなにかいうたび

水差しを父の口へとあてたれど飲まれぬ水は頰つたいたり

干死(ひじに)とは自ら食を断つ死という点滴こばみ父は逝きにき

そそくさとテレビの前を離れし母ベッドシーンが始まりたれば

ほっかむりの母がはな歌うたいつつ炉開き用の炭を切りいき

看護師が清拭するといいたれば息子を部屋から出す母なりき

デッサン帳

いつかしら目もとを濡らし演じいる桂米多朗「浜野矩随」

弱いものはお国の邪魔ですすべからく身を正しくして健康になれ

遺伝資質に勝てないらしいが負けるともいわれていない生活習慣

そのうちに何とかなった者たちのとどのつまりのあなたやわたし

そのうちにお世話になるのも知らぬげにあしざまに云う生活保護を

蓮根の穴は結局どちらなの内でも外でも穴まで食べる

泥之魚（とろつうを）が「どろづを」「どづを」と転じきて「どぢょう」になりしと大槻文彦

ぱたぱたと水面をたたき舞いあがる鵜のむかうさき夕影ふかし

蛣蹶（きつけつ）といえばなにやらえらそうなでも実際はぼうふらなんです

そんな法つくらなくてはならぬほどやばいというのに五輪をやるの

チャンドラーのような修辞を取り去ればどうなるのかしらこの手の小説

図鑑ほど青くないけど島に住むガイドがズアカアオバトという

恋心燃やしてやきもち焼くという燃やすと焼くとの違いは知らず

雨風の激しきなかを飛ぶ鳥に思い定めし行方のあらん

どの枝を省けばいいのか決めかねてデッサン帳に消したり描いたり

脛の毛の量が左右で異なれりどちらの足も齧られたのに

月かげにひかりぬれたる夜の桃老いたるものも夢をみるべし

漢字では鷸と書くなり田に鳥と書くは国字と教えられたり

会員が近場で撮りたる写真にて違いを学ぶシギの十二種

出放題

青空の深き底には一面に輝きおらん千億の星

くちびるのみ赤く塗りたるモンローの鉛筆画なり題「NO RETURN」

マンモス牙アンテロープ角河馬歯など根付の素材に使われており

エアコンの音がだんだんうるさいね金魚の尾びれにふれる夕闇

身動ぎもせず石の上に甲羅干す亀の目ん玉忙しく動く

濁流に身を浮ばせるカルガモがわずかな淀みに態勢なおす

戦争の被害をまともに受けるのはあなたであって首相ではない

建設に反対だったができちゃえば臆面もなく利用する空港

政治家の言葉なんです汚染水はアンダーコントロールされてます

前日の残りの鍋を昼にくいそのまた残りを夜に食べたり

人間は管より成れると詠まれおり管の内部は外部というらし

目の中に入れればもちろん痛いだろう入れる気もなく孫と楽しむ

出放題を言ってるうちになんとなく落ちつく先が現実なんだ

信号なき横断歩道に身を出せば止まる車のあまりに少なし

柔道の技のひとつの蟹ばさみとんと試合でみることはなし

池の端

冬ざれの野をかけめぐる夢はなし日向ぼっこに猫の蚤取り

ケータイの明かりだけ灯るきみの部屋どこでもドアに鍵はないよね

古寺の苔むす長き石段にひとすじ耀くステンレスの手すり

アメリカはきっと怒るよ世界中に原爆ドームの像を作れば

一雨があればたちまち濁りたる街川あさく鯉泳ぎおり

キューピーにおへそがあっておっぱいがないね幼がマヨネーズかける

逆さまに地球の上にいることを思うことなし空は底なし

「警備強化中」と知らせる看板に錆の浮きいる国会議事堂

池の端にひとりたたずむ老人のなにやら亀の鳴くを待つよう

あとがき

この歌集は第一歌集『ナナメヒコ』(二〇一〇年刊)以後の、二〇一〇年より二〇一七年までの作品をまとめた小生の第二歌集です。

結社誌「塔」に掲載されたものを中心に、新聞雑誌などに投稿し掲載された作品四〇四首を収めました。発表順ではありますが、構成上多少の前後の入れ替えはあります。歌集名は第一歌集を踏襲する形で『ナナメヒコ 2』としました。前歌集がヒットしたわけではありませんが、小生のキャラクター名として愛着があり使うこととしました。

作品の出来は分りませんが、それぞれの場において選歌し掲載してくだされた選者の皆さんのおかげでこのように歌集にまとめる機会ができました。ありがとうございます。

なんとなく歌作りを続けています。継続は力、なんていいますが新樹短歌会(「塔」浜松支部を兼ねる)や地元の菊川短歌会をはじめいくつかの歌会においての刺激や交友がその源泉になっています。また、塔短歌会の選者や先達の皆さん、そして会員の皆さんには全国大会など様々な場でお世話になりありがたく思っております。

この歌集をまとめるにあたりましては、前歌集と同じように、「塔」選者の栗木京子氏にお世話になりました。選歌、構成などに多くの助言をいただきました。感謝申し上げます。
六花書林の宇田川寛之氏には、快く発刊を引き受けていただきました。丁寧な校正などを通して、拙作が少しでもまともになるよう心掛けていただき、改めてお礼申し上げます。
装幀に小村雪岱研究家の真田幸治氏がかかわっていただけるというのも雪岱ファンの小生にとってはうれしい限りです。どんな歌集になるのか楽しみにしております。帯文を「心の花」の藤島秀憲氏にお引き受けいただきました。ありがとうございます。拙作をもとにどんな惹句を書いていただけるのかこれも楽しみです。
そして、最後になりましたが、この歌集を手に取り（取らされたとおっしゃる方もおられるでしょうが）お読みいただいたあなたに感謝申し上げます。一首でもこれはまあまあだね、いいんじゃないのという歌を見つけていただければ幸いです。

二〇一八年三月二五日

村松建彦

ナナメヒコ 2

塔21世紀叢書第322篇

2018年 5 月28日 初版発行

著　者――村 松 建 彦
〒436-0056
静岡県掛川市中央 1 - 18 - 4 - 302

発行者――宇田川寛之

発行所――六花書林
〒170-0005
東京都豊島区南大塚 3 - 44 - 4　開発社内
電 話 03-5949-6307
FAX 03-3983-7678

発売――開発社
〒170-0005
東京都豊島区南大塚 3 - 44 - 4
電 話 03-3983-6052
FAX 03-3983-7678

印刷――相良整版印刷

製本――仲佐製本

ISBN978-4-907891-63-3 C0092